ResumenExpress.com

Los poemas de Saturno

de Paul Verlaine

GUÍA DE LECTURA

Escrita por Sophie Chetrit
Traducida por Juan Lopez

Los poemas de Saturno

de Paul Verlaine

Entiende fácilmente la literatura con

ResumenExpress.com

www.ResumenExpress.com

PAUL VERLAINE

POETA FRANCÉS

- **Nacido en 1844 en Metz**
- **Falleció en 1896 en París**
- **Algunas de sus obras:**
  - *Fêtes galantes* (1869), colección de poemas
  - *Romances sin palabras* (1874), colección de poemas
  - *Les poètes maudits* (1884), ensayo

Nacido en 1844, Paul Verlaine fue un poeta de la segunda mitad del siglo XIX. Nació en Metz en 1844 en el seno de una familia de clase media y cuando tuvo la edad, se fue a París a estudiar Derecho.

Mtarde trabajó en una compañía de seguros y como expedientado en el Ayuntamiento de París. En 1866 publicó los *Poèmes Saturniens*. Tres años más tarde se publicó su segunda colección *Fêtes galantes*, que evoca el siglo XVIII de Watteau.

En 1870 se casa con Mathilde Mauté, una joven de la alta burguesía parisina.

Tras el asedio de París y la sublevación de la Comuna de París en 1871, Verlaine, que había conocido a Arthur Rimbaud, abandonó a su mujer para seguirle a Inglaterra y luego a Bélgica. Durante sus viajes, escribió una nueva colección, *Romances sans paroles*.

Los dos poetas mantuvieron una apasionada relación hasta la famosa noche de julio de 1873, cuando Verlaine disparó a su amante y fue condenado a dos años de prisión, que cumplió en Bruselas y Mons.

Después se convirtió al catolicismo y, a su salida de la cárcel en 1875, regresó durante un tiempo a Inglaterra, donde ejerció de profesor, para luego volver a las Ardenas, a Rethel, donde entabló amistad con uno de sus alumnos, Lucien Létinois, fallecido en 1883.

Al año siguiente, Verlaine publica *Les poètes maudits*, libro en el que se homenajea a tres poetas: Tristan Corbière, Arthur Rimbaud y Stéphane Mallarmé. Su fama creció y fue proclamado "Príncipe de los poetas"

Llevó una vida libertina hasta el día de su muerte. Murió en 1896 a causa de una infección pulmonar.

LOS POEMAS DE SATURNO

PRIMER POEMARIO DE VERLAINE

- **Género:** poesía

- **Edición de referencia:** VERLAINE P., *Poèmes Saturniens*, Gallimard, coll. "Folio", 2010, 96 p.

- **Temas:** tiempo, amor, melancolía, música, poesía

Paul Verlaine publicó los *Poèmes saturniens* a *los* veintidós años, aunque se dice que comenzó a escribirlos cuando aún estaba en el instituto, a los dieciséis. Primero pensó en llamar a esta colección *Poèmes et Sonnets*, antes de decidirse por el nombre que conocemos hoy, en referencia al dios romano oscuro y melancólico.

La obra fue editada por él mismo y los poemas fueron publicados en 1866 por Alphonse Lemerre, los *Poèmes saturniens* son la primera colección de poesía en verso de Paul Verlaine. Sin embargo, esta obra tuvo una acogida limitada, no considerándose en su momento un acontecimiento literario de primer orden.

Durante este periodo, Verlaine frecuentó los círculos literarios parisinos y contribuyó al primer Parnasse contemporain (1866), una colección colectiva de poemas que fue el manifiesto y la ilustración del movimiento Parnasse. Se trataba de un movimiento opuesto a los brotes románticos, que promovían un arte poético moderno basado en la perfección formal y el lirismo impersonal. Sus maestros, Leconte de Lisle, Baudelaire y Théodore de Banville, ejercieron una fuerte influencia en la poesía de Verlaine.

Poco se sabe de la génesis de esta colección, pero los *Poemas de Saturno*, como antes Les *Fleurs du mal* (1857), se basan en una arquitectura explícita. Comienzan con un poema introductorio que explica el título, así como un prólogo. Luego hay veinticinco poemas en cuatro secciones: "Melancholia", «Eaux fortes», «Paysages tristes» y «Caprices», más una docena de poemas libres seguidos de un Epílogo que cierra la colección.

Como los grandes poetas antiguos, Verlaine puso su colección bajo la protección de un dios y le dedicó el primer poema. El primer poema está dedicado a Saturno, dios que alude al carácter ineludible del paso del tiempo.

RESUMEN

EL POEMA INICIAL

La obra se abre con un poema introductorio en el que Verlaine reivindica la particularidad de su proyecto poético y explica el título de su colección. Contrasta a los "Sabios de antaño", los poetas tradicionales, con "los que nacieron bajo el signo de Saturno" (v. 8), a los que más tarde llama los poetas malditos. Estos poetas están plagados de una melancolía que se presenta a la vez como sufrimiento y como inspiración.

PRÓLOGO

A este poema introductorio le sigue un prólogo, en el que Verlaine retoma un motivo ya presente en los románticos: el del poeta que convive entre los hombres, pero situado al margen. Explica el lugar que considera suyo dentro de la sociedad.

MELANCOLÍA

Dedicada al violinista y poeta Ernest Boutier, esta parte se inspira sin duda en el grabado *Melancolía* de Alberto Durero (dibujante, pintor y grabador alemán, 1471-1528). Consta de ocho sonetos escritos en versos alejandrinos: "Renuncia", "Nunca más", "Después de tres años", "Voto", "Lassitude", "Mi sueño familiar", "A una mujer" y "Angustia".

Aquí encontramos recuerdos de amores perdidos o idealizados, en los que el arrepentimiento y la angustia ocupan un lugar central. Esta sección fue escrita probablemente cuando Verlaine se enamoró de su hermana adoptiva, que rechazó su amor.

- "Resignación" evoca el rechazo a la locura de la juventud.

- "Nevermore" hace referencia a un pasado idealizado y a la nostalgia que evoca a pesar de la castidad del amor descrito.

- En «Après trois ans», Verlaine relata su regreso al lugar de sus encuentros amorosos, utilizando la naturaleza para representar sus sentimientos: "Rosas como antes, palpitan, como antes" (v. 9).

- En "Vow", echa de menos sus primeros amores, amores a la vez imaginarios e idealizados. El quinto poema, "Lassitude", aborda la cuestión tanto del deseo de un amor tranquilo como del desgaste de ese mismo deseo.

- "Mi sueño familiar" es sin duda uno de los poemas más famosos de la colección. Revela el sueño de Verlaine de una mujer ideal, así como las múltiples sensaciones que experimenta cuando está en contacto con ella.

- En «À une femme», escribe a esta mujer ideal, exagerando su sufrimiento y apelando a su compasión. Esta sección termina con "Angustia", poema en el que Verlaine rechaza tanto la naturaleza como el arte y la religión, temas que suelen inspirar a los poetas.

Mientras que «Resignation» es un soneto invertido, formado por dos tercetos seguidos de dos cuartetas, y "Lassitude" es un soneto irregular en el que las rimas se besan y luego se cruzan en los tercetos (CCDEED), los demás poemas son sonetos franceses que siguen un esquema clásico, con muchas rimas ricas.

GRABADOS

Dedicada al poeta, dramaturgo y novelista francés del siglo XIX François Coppée (1842-1908), la sección «Eaux-fortes» tiene un título que sin duda hace referencia al proceso de grabado con plancha mordida al ácido. Contiene cinco poemas: «Croquis parisien», «Cauchemar», «Marine», «Effet de nuit» y «Grotesques».

En esta parte, Verlaine describe una ciudad entre la desolación y la modernidad, a la que superpone paisajes de ensueño.

- "Boceto parisino" ofrece una sombría descripción de París.

- "Pesadilla" nos traslada a un mundo de fantasía en el que un jinete es arrastrado por un violento movimiento.

- En "Marine", el poeta toma prestado un tema de los románticos al describir un océano en plena tormenta, para transponer su vértigo existencial.

- «Effet de nuit» nos presenta a continuación una inquietante escena nocturna, a la que Verlaine da un aspecto pictórico.

- "Grotescos" es una caricatura de personajes margi-
  nales: describe a vagabundos y el rechazo que sufren.

Los poemas presentados aquí son muy diversos. Desde el punto de vista métrico, van del cuadrisílabo al alejandrino. En cuanto a la forma, se componen de una a diez estrofas, a su vez formadas por cuartetas, quintillas o incluso catorce versos en el caso de « Effet de nuit ». Del mismo modo, las rimas pueden ser cruzadas (en « Croquis parisien » y « Grotesques »), seguidas (en « Cauchemar » y « Effet de nuit ») o abrazadas (en « Marine »), con versos pares e impares.

 ## ES BUENO SABERLO

La forma de las estrofas

Una cuarteta: es una estrofa de cuatro versos.

Un quintillo: es una estrofa de cinco versos.

Una sizain: es una estrofa de seis versos.

Rimas

Rimas abrazadas: son rimas enmarcadas por otras rimas. Adoptan la forma ABBA.

Rimas continuas (o planas): son rimas que siguen el patrón AABB.

Rimas cruzadas (o rimas alternas): se construyen en una alternancia de dos en dos. Siguen el patrón ABAB.

Rimas femeninas: se habla de rima femenina cuando el último fonema contiene una "e caduca" (ejemplo: "Oh dulce sonido de la lluvia", Verlaine).

Rimas masculinas: una rima masculina se produce cuando se encuentran sonidos idénticos al final de dos o más versos terminados en sílaba completa.

Rimas ricas: son rimas con tres homofonías entre vocales y consonantes tónicas.

Rimas pobres: se caracterizan por la rima de un solo fonema, la vocal tónica final de las palabras.

Rimas suficientes: corresponde a la repetición de dos sonidos idénticos (por ejemplo: caballo/leal).

Los gusanos

Verso par: tiene un número par de sílabas.

Verso impar: tiene un número impar de sílabas.

PAISAJES TRISTES

El término "Paisajes tristes" designa un estilo pictórico, presente sobre todo en las obras de Jean-Baptiste Corot (pintor y grabador francés). Esta sección está dedicada a Catulle Mendes, fundadora del Parnassus contemporáneo. Consta de siete poemas: "Atardeceres", "Místico crepúsculo vespertino", "Paseo sentimental", "Noche del Walpurgis clásico", "Canción de otoño", "La hora del pastor" y "El ruiseñor".

Verlaine desarrolla su propio lirismo describiendo paisajes otoñales, evocadores de la tristeza de un alma oscura y atormentada. En los dos primeros poemas, el poeta describe el espectáculo de los soles ponientes que invitan al ensueño, la melancolía y la angustia.

A continuación, la « Promenade sentimentale » es un paseo fúnebre por un paisaje acuático, en el que Verlaine lamenta la ausencia del ser amado. « La nuit du Walpurgis classique » anuncia las fiestas galantes; « Chanson d'automne » permite al poeta evocar sus impulsos amorosos y compartir sus emociones a través de la descripción del paisaje.

« L'heure du berger » (La hora del pastor) evoca de nuevo la llegada de la noche, mientras que « le Rossignol » (El ruiseñor), símbolo del canto del amor, le permite evocar un amor condenado a desaparecer y el sufrimiento que conlleva. Encontramos aquí una unidad de tono y de escenario.

Sin embargo, esta sección sigue siendo variada en cuanto a la métrica y la rima. Del mismo modo, las formas poéticas son diversas: cuatro poemas ("Atardeceres", "Místico crepúsculo vespertino", "Paseo sentimental", "El ruiseñor") constan de una sola estrofa, un "bloque" de entre trece y veinte versos, mientras que "Noche clásica de Walpurgis" tiene una arquitectura de once cuartetas, "Canción de otoño" cuatro sizainas, y "La hora del banco" tres cuartetas.

CAPRICHOS

Los "Caprichos" hacen referencia a los grabados del siglo XVIII, especialmente los del pintor y grabador español Francisco Goya. Esta sección está dedicada al poeta Henry Winter, que colaboró en la primera colección del Parnaso contemporáneo. Consta de cinco poemas: «Femme et chatte», «Jésuitisme», «La chanson des ingénues», «Une grande dame» y «Monsieur Prudhomme».

La relación amorosa y las mujeres ocupan aquí un lugar central. Hay una "concha" («Femme et chatte»), una "ingénue" («La chanson des ingénues»), una "dama", "reina" y "cortesana" («Une grande dame», v. 8), una "amante" ("Sérénade", v. 3), etc. En «Femme et chatte», «Jésuitisme» y «La chanson des ingénues» se retoma el tema baudelairiano de la duplicidad femenina; Verlaine denuncia la perversión y la crueldad femeninas y el dolor que causan.

En «Une grande dame», evoca a una mujer fría e inaccesible, a la que admira tanto como desprecia. Se comprende así la ambigüedad de la relación de Verlaine con las mujeres, compleja y variada. La sección termina con «Monsieur Prudhomme», un poema satírico en el que Verlaine retrata a un burgués profundamente materialista, al que contrapone a los poetas, preocupados por las artes y las letras, pero condenados a vivir al margen de la sociedad.

Estos poemas encuentran su unidad en su aspecto satírico, aunque las formas poéticas propuestas sean divergentes. «Femme et chatte» es un soneto irregular de octosílabos; «Jesuitismo», un poema en dieciséis versos; "La canción de los ingenuos", un poema en ocho cuartetos; "Una gran dama" y «Monsieur Prudhomme», sonetos regulares.

OTROS POEMAS

Escritos principalmente en alejandrinos, los doce poemas que siguen retoman los grandes temas de la colección: la melancolía, el tiempo y el amor herido. Se trata de 'Initium', 'Cavitri', 'Sub Urbe', 'Serenade', 'Un dahlia', 'Nevermore', 'Il Bacio', 'Dans les bois', 'Nocturne parisien', 'Marco', 'César Borgia', 'La mort de Philippe II'.

EPÍLOGO

Una última sección ofrece tres poemas, es como un Epílogo. Se trata de arte poético, inspiración, emoción y trabajo. Verlaine vuelve a las cuestiones formales, así como a la estética parnasiana.

ILUMINACIÓN

A mediados del siglo XIX, cuando Verlaine comienza a escribir, dos movimientos comparten el espacio de la expresión poética: el Parnaso y el Romanticismo. Como Baudelaire antes que él, Verlaine propuso su propia síntesis de estas influencias.

SOBRE LA INFLUENCIA DE LOS PARNASIANOS...

Cuando Verlaine escribía los *Poèmes saturniens*, frecuentaba a los autores parnasianos, poetas prolijos que se oponían a las efusiones románticas y proponían un arte poético moderno. Valoraban "el arte por el arte" (Théophile Gautier), cuyo único objetivo era la belleza. Así, rechaza todo el lirismo subjetivo y sentimental del Romanticismo y todo compromiso social o político.

Considerado el líder del movimiento parnasiano, Leconte de Lisle fue el maestro de los jóvenes poetas de esta escuela. Escribió los *Poèmes antiques* (1852), los *Poèmes barbares* (1862) y los *Poèmes tragiques* (1884), obras que le permitieron ingresar en la Académie française en 1887. Enunció los siguientes principios poéticos:

* La poesía debe ser impersonal y contenida

* La poesía debe centrarse en el trabajo de la forma

* La poesía debe aspirar a la belleza, para la que la antigüedad proporcione los cánones absolutos

Así quiere abandonar el tema personal y volver a las fuentes puras de la Antigüedad, una época en la que el poeta era un obrero forjador de palabras. Como poeta pesimista, ve en la poesía un refugio contra el desencanto del mundo.

Al mismo tiempo, también es notable la influencia de Theodore de Bandeville. Poeta, dramaturgo y crítico literario francés, es famoso por sus *Odas funambulescas* y *Les Exilés* (1867). Amigo de Victor Hugo y Théophile Gautier, fue también uno de los precursores de Parnasse, profesando un amor exclusivo por la belleza y la claridad universal del acto poético.

Era a su vez enemigo de la nueva poesía realista y enemigo de las derivas románticas.

En sus *Confesiones*, Verlaine afirma que escribió los *Poèmes saturniens a los* dieciséis años, cuando aún estaba en el instituto, en una época en la que se encontraba bajo la influencia de Leconte de Lisle y sus seguidores.

La poesía de Verlaine es, pues, elaborada, intenta alcanzar la perfección y el rigor en la forma y en la expresión del pensamiento y del sentimiento. Evita la efusividad, cincela su verso y sigue así los preceptos parnasianos.

También utiliza estos preceptos como fuente de inspiración para sus escritos. El poema "Resignation", por ejemplo, se inspira en el característico gusto de Banville por Oriente, pero también en las rimas raras, características del movimiento.

... A LA DE LOS ROMÁNTICOS

Nacido en Alemania a finales del siglo XVIII, el Romanticismo apareció en Francia a principios del siglo XIX. Fue el segundo movimiento cultural que saltó a la palestra cuando Verlaine publicó sus poemas.

Es un movimiento cultural y literario, que tocó todas las artes, oponiéndose a la tradición clásica y al racionalismo de la Ilustración. Favorecía la expresión personal y ofrecía al artista la posibilidad de explorar todas las posibilidades del arte para expresar sus sentimientos.

Los grandes temas del Romanticismo son la melancolía, el sufrimiento, la naturaleza, los sueños, la historia y el compromiso político. Estos grandes temas románticos se encuentran en la obra de Verlaine.

En primer lugar, la melancolía está presente en la colección, como indica el título de la primera sección, "Melancholia".

El tema del amor también está presente. "Mi sueño familiar", soneto escrito en alejandrinos y compuesto por dos cuartetos y dos tercetos con rimas besadas, por ejemplo, trata del amor imposible por una mujer al tiempo que busca una forma de musicalidad. El poeta oscila entre la felicidad de este amor y el sufrimiento que provoca, ya que no se puede alcanzar. El poema tiene, pues, una esencia romántica.

Además, cabe señalar que Verlaine se inspira explícitamente en los grandes autores románticos, como

François-René de Chateaubriand, Gérard de Nerval y Alfred Musset. En « Mon rêve familier », por ejemplo, se inspira en la figura de la Sílfide, que Chateaubriand utiliza en sus *Mémoires d'outre-tombe* y en *René*.

En « Monsieur Prudhomme », la intertextualidad es de nuevo visible, en particular a través de la imagen de la "charmille", imagen utilizada tanto en los proverbios de Musset como en los escritos de Nerval cuando habla del amor.

Sin embargo, son los textos de Victor Hugo una importante fuente de inspiración. En la « Ballade des ingénues », por ejemplo, hay una referencia al personaje de Caussade, a quien representa en la obra *Marion Delorme*. Famoso libertino, persigue a las mujeres ingenuas y las anhela. Además de estas referencias, las obras de Victor Hugo son también fuente de poemas enteros, como « La mort de Philippe II », inspirado en el poemario *La légende des siècles* (1859).

Verlaine aparece como un poeta comprometido, aunque sólo en contadas ocasiones se le percibe como tal. Aquí imagina a Felipe II, hijo de Carlos V, en su lecho de muerte, lamentando haber alentado a la Inquisición para asegurarse el apoyo del Papa y establecer su gobierno.

LA INFLUENCIA DE CHARLES BAUDELAIRE

Baudelaire era romántico por su temperamento y su admiración por Victor Hugo, le dedicó los « Tableaux parisiens ». Es parnasiano por los principios a los que se adhiere: trabajo, maestría, rigor.

Era consciente tanto de las debilidades del Romanticismo como de los límites de la intransigencia estética parnasiana. Al proponer una tercera vía, inventó una modernidad poética al abrigo de los excesos de ambos movimientos. *Las Fleurs du mal* (1857) es la ilustración de esta modernidad; sintetiza los dos movimientos al tiempo que explora nuevas posibilidades de creación y expresión.

Baudelaire cree en la imaginación como facultad razonada de creación, sostiene que la imaginación se trabaja y se construye, lo que le convierte en precursor del simbolismo. En cuanto a la forma, siguió siendo clásico, el uso del soneto y del alejandrino sigue siendo mayoritario en esta obra que causó escándalo. Eligió escribir poesía en la que el poeta es víctima del spleen, un estado de depresión física, moral e intelectual. Es esta baza la que le permite explorar nuevos espacios y cuestionar su escritura.

Las Fleurs du mal ejercieron una gran influencia en los poetas de la segunda mitad del siglo XIX, entre ellos Verlaine. En los *Poèmes saturniens*, se apropió del estilo satírico de Baudelaire y de su gusto por la provocación, adoptando un estilo cercano al suyo.

Esta influencia es notable en poemas como « Femme et chatte », donde el apóstrofe exclamativo "scélérate" (v. 5) recuerda la provocación baudeleriana. Del mismo modo, en « Monsieur Prudhomme », Verlaine utiliza el registro cómico al satirizar a una burguesía materialista: "Es alcalde y padre de familia" (v. 1).

Además, en «Nocturne parisien» aparece el tema urbano propio de Baudelaire. Verlaine retoma también el tema del spleen, en particular en el poema "Angustia", donde la negación está muy presente. Sin embargo, su escritura es muy personal, íntima y teñida de soledad. Los recuerdos evocados son vagos, lo que les confiere una dimensión universal.

CLAVES DE LECTURA

LA FORMA POÉTICA: INVERSIÓN DEL SONETO CLÁSICO Y VERSOS IMPARES

Numerosos sonetos están presentes en la obra de Verlaine. De los treinta y nueve *Poèmes saturniens*, once son sonetos. Hay ocho en la sección "Melancolía" y tres en la sección "Capricho". Estos sonetos están enmarcados por una secuencia de poemas o secciones sin sonetos. Se produce así una alternancia estrófica.

El soneto es una forma poética popularizada en el siglo XVI por los poetas de la Pléiade. Volvió a ponerse de moda en el siglo XIX de la mano de Théophile Gautier, los parnasianos y Charles Baudelaire.

 Escrita primero en decasílabos y luego en alejandrinos, su organización estrófica es fija: consta de catorce versos, dos cuartetos seguidos de dos tercetos. El significado debe ser completo después de cada cuarteto y cada terceto.

Del mismo modo, el esquema rítmico está sujeto a ciertas restricciones. Hasta el siglo XVI, la práctica dominante era que las rimas fueran abrazadas en las cuartetas e idénticas en las dos estrofas (ABBA/ABBA). Para los tercetos, el soneto italiano propone el siguiente esquema: CCD EED.

En su *Petit traité sur le Sonnet*, Théodore de Banville describe la forma del soneto francés. Especifica que los versos primero y cuarto de las cuartetas deben rimar juntos, al igual que los versos segundo y tercero de las cuartetas. También afirma que los versos primero y segundo del primer terceto riman, cuando el tercer verso del primer terceto rima con el segundo verso del segundo terceto. Así tenemos un patrón en ABBA ABBA CCD EDE. Además de las cuestiones de estrofas y rimas, el soneto debe respetar ciertas modalidades constructivas.

El soneto se divide en dos bloques que pueden mostrar una comparación, una oposición, una progresión o dos temas distintos unidos entre sí. Culminan con un remate, siendo la última línea una conclusión breve y brillantemente formulada.

El soneto también debe, según Boileau, rechazar la más mínima desviación del tema, las líneas débiles, las expresiones superfluas y las repeticiones. Los versos deben ser precisos y exactos, con rimas ricas que alternen lo masculino y lo femenino.

Frente a estos sonetos de belleza acabada, Verlaine opone un deseo de modernidad poética y propone sonetos irregulares. Algunos sonetos de Verlaine no siguen los patrones de la estrofa, la métrica y la distribución de la rima, marcando así un abandono gradual de las reglas impuestas.

- Hay sonetos invertidos, como el poema "Resignación", que invierte los tercetos y cuartetos. Esta inversión le permite oponer la infancia y el ensueño a través de la evocación de un Oriente soñado y fantaseado, al tiempo presente, donde el poeta debe mostrar más moderación.

- En lugar de utilizar versos pares, como los decasílabos o los alejandrinos, Verlaine utiliza también versos impares. Es el caso, en particular, de «Cauchemar», donde utiliza heptasílabos, y de «Marine» y «Soleils couchants», donde emplea pentasílabos. Se trata de una clara ruptura con la prosodia clásica y el reinado del alejandrino. Los versos impares son menos regulares, rompen el automatismo de la lectura y permiten así al lector una cadencia más personal.

- Verlaine se libera de la regla de alternar rimas masculinas y femeninas. Utiliza la asonancia como musicalidad discreta y añade rimas interiores, dando así al sonido un lugar central.

- Aunque Verlaine tiene un sentido de la perfección formal y propone una forma poética lineal y simbólica, no por ello deja de acercarse a la prosa, con textos hechos para ser recitados en público de forma expresiva. El verso absorbe a veces giros del lenguaje oral y revela así un canto interior. Es el caso, en particular, del poema "Atardeceres".

LOS PRINCIPALES TEMAS DE LA COLECCIÓN

Los tres temas principales de la colección son la melancolía, el tiempo y el amor, un amor a la vez idealizado y perdido.

La melancolía en Verlaine

La melancolía es el tema central. Recorre toda la colección. Para Verlaine, es mucho más que un sentimiento. En la sección "Melancolía", Verlaine parece retomar el tema del spleen de Baudelaire, sobre todo en el poema «L'Angoisse», donde la negación está muy presente, como si el poeta fuera arrastrado hacia la nada.

Sin embargo, ofrece una escritura muy personal e íntima. Los recuerdos evocados son vagos, lo que les confiere una dimensión universal. Más que un sentimiento, la melancolía es también un espacio y una temporalidad.

Está anclado en paisajes que acentúan este sentimiento, sobre todo en los poemas "Puestas de sol" o "Paseo sentimental".

Hace referencia a la estación otoñal a través del poema «Chanson d'automne» y "Crépuscule du soir mystique". Verlaine se muestra extremadamente sensible a una naturaleza que se hace eco de sus sentimientos personales. Así escribe poesía lírica, en la que la musicalidad desempeña un papel importante. La música, presente en toda la obra, acompaña la melancolía, da ritmo a la lentitud y la languidez. Se basa, en particular, en el violín, el instrumento del dolor por excelencia. Así, en «Chanson d'automne»:

"Violines

Desde otoño

Hiere mi corazón

Del mismo modo, en "Initium": "Los violines mezclaban sus risas con el canto de las flautas" (v. 1).

Saturno y la figura del tiempo

El tema del tiempo también está presente, sobre todo a través de la figura de Saturno. Saturno es uno de los dioses más antiguos del Lacio y de Italia central. Deidad agrícola por excelencia, se encargaba de proteger las semillas confiadas a la tierra. El mes de diciembre, cuando comenzaba el trabajo de germinación, preludio de la cosecha, estaba dedicado a Saturno.

La leyenda que creció a su alrededor mezcla tradiciones latinas y griegas, asimilándolo a la figura de Kronos, dios de los helenos y deidad primordial del tiempo. Se predijo que Saturno sería destronado por sus hijos, pero para escapar a su destino, decide devorarlos.

Su esposa, Rea, horrorizada por su crueldad, esconde al último nacido, Júpiter, que lo expulsa del Olimpo. Saturno abandona entonces Grecia para dirigirse a Italia y se instala en la orilla derecha del Tíber, donde se construirá Roma.

Fue acogido por Jano, rey del país, a quien enseñó agricultura. A cambio, Jano le cedió la colina de la orilla derecha del Tíber: el Capitolio. A menudo representado con una hoz o una guadaña, Saturno desaparece repentinamente.

En su honor, Jano erigió un altar y celebró la fiesta de Saturnalia.

Este dios, que preside el periodo que precede al solsticio de invierno, da nombre al planeta del sistema solar, conocido por su color amarillo y sus anillos estrellados. Desde la antigüedad, ha sido famosa por su influencia negativa en la vida humana.

Predestina a los nacidos bajo su signo a la desgracia, colocándolos bajo el signo del tiempo y de la fatalidad a la que se refiere el mito de Saturno. Verlaine retoma así una antigua tradición que le permite asociar melancolía y creación artística.

En la colección encontramos temas que recuerdan a este mito, como la traición de las mujeres, la imposibilidad de escapar al propio destino, la importancia de la naturaleza y lo que ofrece a los hombres.

La cuestión del tiempo también está muy presente. El "Prólogo" tiene ya una estructura tripartita: "En aquellos tiempos fabulosos" (v. 1), "Más tarde" (v. 37) y "Hoy" (v. 51), como si Verlaine emprendiera un viaje en el tiempo.

El poema "Nevermore", que sigue a las cuatro partes, también hace referencia a la inevitabilidad del paso del tiempo. Contiene el campo léxico de la vejez: 'viejo' (v. 1, v. 5), 'anciano' (v. 8), 'arrugas' (v. 9), 'amarillento' (v. 10). Verlaine muestra cómo el tiempo marca tanto el mundo como el cuerpo. Su fuerza es tal que no se puede frenar ni impedir que conduzca lentamente hacia una destrucción anunciada.

El tercer gran tema de la colección: el amor

El amor en Verlaine se refiere a un amor ideal, pero imposible o infeliz. A menudo es idealizado y desencarnado, como en «Mon rêve familier», donde se trata de una "mujer desconocida" (v. 2), o en «À une femme», donde Verlaine vuelve a hablar de una mujer soñada, imaginada.

Cuando no se imagina, el amor queda relegado a un pasado lejano, como en "Vœu" o "Nevermore". De lo contrario, puede combinarse con la soledad y la ausencia, como en «Promenade sentimentale», donde el poeta está solo y triste, sufriendo su pena.

El amor que se menciona en esta colección es el amor por las mujeres sensuales y peligrosas, inaccesibles y taimadas, como las presentes en «Femme et chatte» o «la chanson des ingénues». A los ojos de Verlaine, las mujeres son en gran parte responsables del fracaso del amor y de la traición que le sigue.

Hace del amor a la mujer un mal ininterrumpido. Generaliza el sentimiento y las experiencias del amor embriagando a todo el mundo. Se siente culpable por deplorar los amores triviales y por tratar constantemente de reinventar a los demás. De este modo, Verlaine se acerca a una concepción baudelairiana del amor. Transfigura las relaciones amorosas en una tensión constante entre placer y tristeza, pero también entre realidad e imaginación.

Este concepto del amor está relacionado, por supuesto, con la biografía del autor y sus parejas sentimentales. En aquella época, el amor de su vida era su prima Elisa, a quien su madre había adoptado.

Rechazando su amor, se casó con un azucarero y posteriormente murió durante un parto. Verlaine se enamoró entonces de Mathilde Mauté, diez años más joven que él. Tuvo un hijo con ella, tiempo después perdió el interés por ella y la abandonó para vivir muchas aventuras, hasta su apasionado encuentro con Arthur Rimbaud.

VERLAINE: POETA SIMBOLISTA

Al contribuir a la renovación de la expresión poética, Verlaine propone una obra que sublima la percepción del universo. Al igual que Baudelaire, que abrió el camino al simbolismo con *Les Fleurs du mal*, Verlaine transcribió visiones y paisajes interiores que representan ideas a las que están vinculadas por analogía. Trabajaba en el arte de la sugestión, evocando cosas sin nombrarlas simplemente a través de las sensaciones que despertaban en él.

Los grandes temas de los *Poemas de Saturno* nos remiten directamente a los grandes principios del simbolismo. Investido de una misión sagrada, Verlaine parece querer mostrar correspondencias entre el mundo sensible y el mundo espiritual, invisible e ideal.

Evoca sus estados de ánimo a través de paisajes ideales con realidades ocultas. Se esfuerza por describir la fuga del tiempo y el vértigo del instante. Así, rechaza tanto el racionalismo como el materialismo, tratando de redescubrir los misterios del mundo.

Describe sus sueños y da rienda suelta a la ambivalencia y los matices, favoreciendo la fugacidad frente a la permanencia. Utiliza un lenguaje simbólico y musical que traduce la fragilidad de las sensaciones. Está a favor de la liberalización del verso.

Así pues, los poemas de Saturno anuncian en cierta medida la aparición del movimiento simbolista, cuyos códigos utilizará en sus obras posteriores, como *Art poétique* (1874), la colección *Jadis et Naguère* (1884) y *Les poètes maudits* (1888). Sin embargo, aunque a veces se considera a Verlaine como el líder de los simbolistas, él nunca reivindicó serlo, prefiriendo mantener el mito del poeta maldito que sufre y muere de fracaso físico y social.

VÍAS DE REFLEXIÓN

ALGUNAS PREGUNTAS PARA SEGUIR REFLEXIONANDO...

- A la luz del prólogo, ¿cuál es el lugar del poeta según Verlaine?

- ¿En qué sentido podemos decir que los *Poèmes saturniens* están influidos por el parnasianismo?

- ¿La intoxicación por plomo es sólo melancolía?

- Compara el spleen de Baudelaire con la melancolía de Verlaine.

- ¿Qué impresión da la inversión de cuartetos y tercetos en el poema "Resignación"?

- ¿Cómo aporta musicalidad el uso de líneas impares?

- Analiza la importancia de los efectos sonoros: ¿cómo contribuyen al significado de los poemas?

- ¿Qué relación establece Verlaine entre la literatura y las artes?

PARA IR MÁS LEJOS

EDICIÓN DE REFERENCIA

VERLAINE P., *Poèmes Saturniens*, Gallimard, coll. "Folio", 2018.

ESTUDIOS COMPARATIVOS

AGUETTANT L., *Verlaine, Les introuvables*, 1978, 240 p.

BERNARDET B. (ed.), *Verlaine, première manière. Poèmes saturniens, Fêtes galantes, Romances sans paroles (1866-1874)*, PUF, coll. "Cned-PUF", 2007.

BORNECQUE J-H., *Les poèmes saturniens de Verlaine*, Nizet, 1967, 255 p.

DUBOIS C., *Étude sur Paul Verlaine: Poèmes saturniens*, París, Ellipses, 1998, 96 p.

GUYAUX A. (dir.), *Les premiers recueils de Verlaine. Poèmes saturniens, Fêtes galantes, Romances sans paroles*, París, PUPS, 2008, 217 p.

MURPHY S., *Lectures de Verlaine: poèmes saturniens, fêtes galantes, romances sans paroles*, Presses universitaires de Rennes, 2007, 314 p.

PRINCIPALES ADAPTACIONES MUSICALES

ABBIATE L., Chanson d'automne, *Pièces pour chant et piano n° 2*, París, 1899.

AMIET P., Nevermore, *Cuatro melodías para canto y piano*, París, 1926.

ANDRÉ J., Chanson d'automne, *Mélodies et chansons n° 2*, París, 1928.

ARHAM M., Chanson d'automne, *Douze mélodies, 3e série n° 5*, París, 1914.

BELLIARD M., Chanson d'automne, *Quatre mélodies n° 2*, París, 1920.

BERNAERT A., Chanson d'automne, *op. 1 n° 1, 3 Mélodies n° 1*, Lieja, 1920.

BONNAUD F-L, *Paysages tristes*, París, 1897.

BONNEAU P., Nevermore, *SEMI*, París, 1955

BORDES C., *Paysages tristes, n° 2*, París, 1902.

BRITTEN B., Chanson d'automne, *Quatre chansons françaises no 4*, Londres, 1982.

CARPENTER J-A., *Cuatro poemas de Paul Verlaine, no 2*, Nueva York, 1912.

CHARPENTIER G., Chanson d'automne, *Poèmes chantés, n° 14*, París, 1894.

DELIUS F., Canción de otoño, *Fünf Gesänge, no 5, Colonia am Rhein*, 1915.

De FAY R., Chanson d'automne, *Mélodie n° 2*, París, 1902.

FERRE L., Mon rêve familier, Soleils couchants y Chanson d'automne, 1970.

FRAGGI H., Chanson d'automne, *Poèmes en musique, n° 2*, Marsella, 1920.

LIMA FRAGOSO A., *Cinq mélodies de Paul Verlaine, n° 3*, París 1917.

FRONTIN G-L., Chanson d'automne, *Sous les chênes verts, n° 7*, París, 1912.

HAHN R., Chanson d'automne, *Chansons grises*, n° 1, París, 1893.

DE HARTMANN, *Paysages tristes*, no 5, París, 1941.

JOSTEN W., *Trois mélodies de Paul Verlaine*, no 2, París, 1931.

KOVALEV P I., *Seis canciones sobre poemas de Paul Verlaine*, no 3, Moscú, 1925.

PANIZZAH, *Nueve poemas de Paul Verlaine*, no 1, Milán, 1899.

PASSANI E-B, *Trois poèmes de Verlaine*, n°1, París, 1952.

¡Su opinión nos interesa!
¡Deje un comentario en la pagina web de su librería en línea,
y comparta sus favoritos en las redes sociales!

Muchas más guías para descubrir tu pasión por la literatura

Cien años de soledad
de Gabriel García Márquez

Memorias de Adriano
de Marguerite Yourcenar

El amor en los tiempos del cólera
de Gabriel García Márquez

El Alquimista
de Paulo Coelho

Historia de una gaviota y del gato que le enseñó a volar
de Luis Sepúlveda

Aura
de Carlos Fuentes

www.ResumenExpress.com

Aunque el editor hace todo lo posible por garantizar la exactitud de la información publicada, ResumenExpress.com no se hace responsable del contenido de este libro.

www.resumenexpress.com

ISBN ebook: 9782808687102
ISBN papel: 9782808698504
Depósito legal: D/2023/12603/1130

Cubierta: © Primento

Libro realizado por Primento, el socio digital de los editores